Todos los libros de Linkgua Ediciones cuentan con modelos de Inteligencia Artificial entrenados por hispanistas. Pregúntale al chat de tu libro lo que desees acerca de la obra o su autor/a.

Para ebooks: Accede a nuestro modelo de IA a través de este enlace.

Para libros impresos: Escanea el código QR de la portada con tu dispositivo móvil.

Obtén análisis detallados de nuestros libros, resúmenes, respuestas a tus preguntas y accede a nuestras ediciones críticas generativas para una experiencia de lectura más enriquecedora.
La transparencia y el respeto hacia la autoría de las fuentes utilizadas son distintivos básicos de nuestro proyecto. Por ello, las respuestas ofrecen, mediante un sistema de citas, las fuentes con las que han sido elaboradas.

Emilia Pardo Bazán

Cuentos antiguos

Barcelona 2024
Linkgua-ediciones.com

Créditos

Título original: Cuentos antiguos.

© 2024, Red ediciones S.L.

e-mail: info@linkgua.com

Diseño de cubierta: Michel Mallard.

ISBN rústica ilustrada: 978-84-9007-272-1.
ISBN ebook: 978-84-9007-742-9.

Sumario

Brevísima presentación

La vida
Emilia Pardo Bazán (1851-1921). España.

Nació el 16 de septiembre en A Coruña. Hija de los condes de Pardo Bazán, título que heredó en 1890. En su adolescencia escribió algunos versos y los publicó en el Almanaque de Soto Freire.

En 1868 contrajo matrimonio con José Quiroga, vivió en Madrid y viajó por Francia, Italia, Suiza, Inglaterra y Austria; sus experiencias e impresiones quedaron reflejadas en libros como *Al pie de la torre Eiffel* (1889), *Por Francia y por Alemania* (1889) o Por la Europa católica (1905).

En 1876 Emilia editó su primer libro, *Estudio crítico de Feijoo*, y una colección de poemas, Jaime, con motivo del nacimiento de su primer hijo. Pascual López, su primera novela, se publicó en 1879 y en 1881 apareció Viaje de novios, la primera novela naturalista española. Entre 1831 y 1893 editó la revista *Nuevo Teatro Crítico* y en 1896 conoció a Émile Zola, Alphonse Daudet y los hermanos Goncourt. Además tuvo una importante actividad política como consejera de Instrucción Pública y activista feminista.

Desde 1916 hasta su muerte el 12 de mayo de 1921, fue profesora de Literaturas románicas en la Universidad de Madrid.

La paloma

A nuestro padre el zar.

Cuando nació el príncipe Durvati primogénito del gran Ramasinda, famoso entre los monarcas indianos, vencedor de los divos, de los monstruos y de los genios; cuando nació, digo, este príncipe, se pensó en educarle convenientemente para que no desdijese de su prosapia, toda de héroes y conquistadores. En vez de confiar al tierno infante a mujeres cariñosas, confiáronle a ciertas amazonas hircanas, no menos aguerridas que las de Libia, que formaban parte de la guardia real; y estas hembras varoniles se encargaron de destetar y zagalear a Durvati, endureciendo su cuerpo y su alma para el ejercicio de la guerra. Practicaban las tales amazonas la costumbre de secarse y allanarse el pecho por medio de ungüentos y emplastos; y al buscar el niño instintivamente el calor del seno femenil, solo encontraba la lisura y la frialdad metálica de la coraza. El único agasajo que le permitieron sus niñeras fue reclinarse sobre el costado de una tigresa domesticada, que a veces, como en fiesta, daba al principito un zarpazo; y decían las amazonas que así era bueno pues se familiarizaba Durvati con la sangre y el dolor, inseparable de la gloria.

A los dieciocho años, recio, brillante y animoso, entró el príncipe en acción por primera vez, al lado del rey, que invadía la comarca de Sogdiana y Bactriana, para someterla. Erguíase Durvati sobre un elefante que llevaba a lomos formidable torre guarnecida de flecheros; cubría el cuerpo de la bestia un caparazón de cuero doble y en sus defensas relucían agudas lanzas de oro. Escogida hueste de negros armados de clavas cercaba al príncipe, y cuando se trataba de lid, Durvati se estremecía, sintiendo que los pies enormes del belicoso elefante, que barritaba de furor, se hundían en cuerpos humanos, reventaban costillas, despachurraban vientres y hollaban cráneos, haciendo informe masa sanguinolenta y palpitante. Al acabarse una batalla más reñida, Durvati osó preguntar a su padre, el gran rey, si aquella gente aplastada sufría mucho y si placía a Brahma que la gente sufriese. Y Ramasinda, colérico de la pregunta, que le pareció rasgo de flaqueza en el novel guerrero, solo contestó con palabras de un cántico sagrado: «Mira delante de ti la suerte de los que fueron; mira delante de ti la suerte de los que serán. El mortal madura como el grano y como el grano renace.» Acababa de pronunciar estas palabras Ramasinda, cuando cortó el aire una flecha y vino a fijarse, temblando, en la espalda del rey. Durvati, precipitándose hacia su padre, solo alcanzó a recibirle en brazos moribundo. La tropa, después de hacer pedazos al matador del rey, proclamó a Durvati, gritando que era preciso llevar a sangre y fuego aquel país, y que el nuevo rey sabría cumplir tan alta empresa.

Aquella noche, el huérfano se durmió con sueño de plomo y soñó cosas raras. Representósele otra vez el triste fin de su padre; sintió la humedad de la sangre que manaba la herida y la humedad del llanto que él mismo, Durvati, no se había atrevido a derramar en presencia del Ejército, pero que ahora fluía copioso, empapando sus ropas. Y cuando desahogaba así el dolor, parecióle que sobre su pecho notaba un calor grato y suave, como un peso delicioso, y rozaba su cara algo fino cual seda. Era, a su parecer, una blanquísima paloma, de rosado pico, de cuello de bizantinos esmaltes verdiazules, de benignos y amorosos ojos negros, que arrullando mansamente murmuraba a su oído una frase misteriosa. El arrullo calmó las angustias del príncipe, y le sepultó en un anonadamiento absoluto, reparador. Al despertar, gritó de sorpresa. Echada a su lado, recostada la frente en su pecho, había una mujer muy joven, celestialmente bella, de blanco seno, de rosada boca, de cabellera sombría y suelta como plumaje de aves, de negras pupilas; y al preguntar atónito, Durvati quién era la admirable criatura, fuele respondido que una cautiva, una esclava, por hermosa señalada para botín real, y que a no haber sido muerto el rey Ramasinda, estaría ahora en su tienda y no en la de Durvati.

Mozo era, y nunca había ardido en su corazón el incendio que transforma y perpetúa los seres. En aquel punto y hora lo sintió con tal fuerza, que se borró de su mente cuanto no fuese la cautiva. Olvidando planes de conquista y dominación, fijó sus reales en la ciudad más próxima, y embelesado en coloquios deleitosos se pasaba la existencia. No por eso se crea que Durvati se entregó a la molicie y al desenfreno. Al contrario; poseído casi siempre de exquisita delicadeza, con casto arrobamiento, amaba a la cautiva a la manera que enseñan los kandas, o himnos védicos (con el atmán, o que quiere «aliento» o «espíritu»); repitiendo aquellas palabras consagradas: «En verdad, lo que amamos en la mujer no es la mujer, sino el espíritu; y quien busque en la mujer más que el espíritu, será abandonado por Brahma.» Recordando que la primera noche en que tuvo cerca a su amiga soñó Durvati que una paloma se le arrimaba arrullando, Paloma la llamó, y Paloma la nombraron todos.

Lo que más encantaba a Durvati en Paloma, y lo que justificaba tal apodo era la ternura, la mansedumbre, la piedad, la blanda condición, tan diferente de la de aquellas feroces guerreras sin atributos femeniles, entre cuyas manos se había criado el joven rey; y según éste intimaba con Paloma, y la frecuentaba, y se apegaba a ella, y pasaban juntos las largas siestas del estío a orillas de los lagos cristalinos y bajo los copudos árboles, le repugnaba más y más la idea de la crueldad y de la matanza, se le hacía más cuesta arriba lanzar al combate otra vez sus huestes. Ya dueña de su confianza, y usando de la libertad que da el afecto, Paloma le pintaba con sus colores horribles el estrago de la guerra y le aseguraba que todos tienen derecho a vivir y deber de amarse, para disminuir los males que cercan en la tierra al mortal.

Por desgracia, no poseía cada soldado de Durvati su Paloma; furiosos con la inacción, vejaban y oprimían a los naturales, y el país se alzaba indignado, clamando independencia o muerte. Los jefes, compañeros del victorioso Ramasinda, aficionados al combate, maldecían y renegaban de la hechicera que tenía embaucado al rey, y suspiraban por el momento de armar a sus elefantes de combate y arrojarse al botín y a la gloria. La sorda conjuración contra la favorita tomó cuerpo al difundirse una noticia grave: contra todos los ritos costumbres y leyes, contra el decoro de su nombre y las tradiciones heroicas de su raza, Durvati iba a elevar al trono a aquella mujer, y regresar después a los bordes del Ganges, abandonando la tierra ganada por el empuje de sus armas, devolviendo la libertad a sus moradores, sin apropiarse ni una pulgada de territorio ni una oveja de ajeno rebaño. Cundió la nueva entre las tropas, y oyéronse maldiciones e imprecaciones contra el afeminado rey que los deshonraba y envilecía. Era preciso que su razón estuviese perturbada, y que aquella bruja, secuaz de los magos, hubiese dado algún bebedizo o hierba mala al joven héroe, para que olvidase la dignidad real y los deberes de su cargo altísimo, que principalmente en la guerra se resumen. Persuadidos ya de haber adivinado la causa de la decadencia y trastorno de Durvati, concertáronse las amazonas y los jefes, y una noche, sigilosamente, sorprendieron y robaron a Paloma de la misma cámara real.

No ha logrado la Historia esclarecer su paradero; las desgarradoras quejas de Durvati, sus ruegos, sus amenazas, no consiguieron que los raptores se la restituyesen; únicamente, ante la insistencia del joven rey, quizá deseosos de hacerle irónica burla, idearon colocar en su lecho, mientras dormía, una paloma mansa, que llevaba por collar el anillo de la cautiva: paloma de níveo plumaje, de tornasolado cuello verdi-azul, de rosado pico, de ojos negros, amantes y candorosos...

No se sabe si Duvarti entendió la sátira, o si, en efecto, supuso que aquella ave arrulladora y dulce era el atmán o espíritu de su amada. Lo cierto es que, fingiendo atribuir el caso a un prodigio, convocó a sus huestes y les hizo saber que aquella metempsicosis de la amiga vuelta paloma significaba que Brahma quería la paz perpetua, la paz luciendo como blanca aurora sobre el mundo; y que esta resolución estaba decidido a mantenerla, cortando la cabeza sin demora a quien se opusiese o suscitase dificultades de cualquier género.

Y en efecto, en todo el reinado de Durvati no se derramó gota de sangre humana.

Prejaspes

Pensamos los occidentales haber inventado la lealtad monárquica, y atribuimos el desarrollo de este singular sentimiento a las ideas cristianas, confundiendo los efectos que debe inspirarnos Dios, suma Causa y Bien sumo, con los que tienen por objeto a un hombre nacido de mujer. Yo no sé si un sentimiento se califica o descalifica por ser antiguo; pero sé que la lealtad monárquica es tan vieja como los más viejos cultos, y en apoyo de esta opinión recordaré la aventura que le sucedió al adictísimo Prejaspes.

Ciro había sido un soberano glorioso y justo, pero su hijo y sucesor Cambises, a medida que fue catando el vino del absoluto poder, mostró los síntomas de la embriaguez especial que ocasiona este terrible licor, destilado con sudor humano, sangre y lágrimas. Creyóse el centro de la vida y el ojo del mundo, y contribuyó a engreírle más y a persuadirle de que su voluntad no reconocía ley ni freno, su incursión por el Egipto, reino que había llegado a brillante esplendor de civilización bajo el Faraón Amasis y que el persa rindió y subyugó, entrando triunfante en las magníficas ciudades de la ribera del Nilo, henchidas de palacios, jardines en terrazas, obeliscos; pirámides, esfinges y colosos de pórfido y basalto. Dueño del Egipto Cambises, y viendo su nombre grabado en caracteres jeroglíficos en el pedestal de las estatuas naófaras y en las columnas de los templos, se tuvo, más que por mortal, por una divinidad como Osiris, y los egipcios se postraron ante aquel conquistador de tiara de oro, aquella luz pálida venida del Oriente. Solo hubo una clase social que se resitió a tributar adoración a Cambises, y fue la de los sacerdotes. La religión era lo único que resistía en medio del abatimiento de todos, y por lo mismo Cambises tuvo empeño en humillarla y vencerla, en satirizarla y, como hoy diríamos, ponerla en solfa. No perdía ocasión de burlarse de aquel culto tributado a dioses con cabezas de animales, tan risibles para un adorador de la Luz, el Fuego y el eterno Sol; y si casualmente sorprendía alguna ceremonia de la religión egipcia, ideaba bufonadas para escarnecerla. Acertó a regresar impensadamente a Menfis en ocasión en que se celebraba la fiesta del sagrado buey Apis; y entrándose de rondón por el templo, mandó que le sacasen allí inmediatamente al bovino dios, y tirando de cimitarra, le hirió de una cuchillada, que quiso dar en el vientre y dio en el muslo. «Este dios que sangra y muge es digno de vosotros», gritó a los egipcios, horrorizados de la profanación. Entonces, el gran sacerdote, alzando las manos a la bóveda celeste, profetizó que el impío que hería al dios Apis recibiría herida igual. Cambises mandó azotar mortalmente al profeta, pero la profecía quedó grabada en la mente de los egipcios como esperanza, como vago terror en la del rey.

Tenía Cambises entre sus servidores al mayordomo Prejaspes, hombre valeroso, capaz de echarse al fuego por su monarca. Veía Prejaspes en Cambises la forma de lo divino sobre la Tierra, y entendía que un acto era óptimo o pésimo, según a Cambises placía o desplacía. Sin embargo, al mismo tiempo que tan decidida abnegación, existía en el alma de Prejaspes un instinto natural de veracidad y de honradez, que le enseñaba a discernir el valor moral de las acciones, y a darse cuenta de su alcance, al menos en su propia conducta. La única noción que Prejaspes no alcanzaba, es que si hay regla moral para las acciones humanas, esta regla obliga lo mismo o más a los príncipes que a los vasallos, y cuando las órdenes de los príncipes están con la regla en contradicción, la obediencia solo a la regla es debida. No lo entendía así Prejaspes, y hasta suponía, por exceso de nobleza de ánimo, que su sangre y su vida entera y su alma inmortal pertenecían a Cambises.

Sucedió, pues, que Cambises, conocedor de la incondicional lealtad de su mayordomo, preguntóle un día qué decían de su rey los vasallos. Y como Prejaspes hubiese observado que al monarca le enfurecía y exaltaba el beber, contestóle lleno de buena intención y con entereza y respeto: «Señor, opinan que eres un soberano valeroso y grande; pero que te gusta el vino en demasía.» No complació la respuesta a Cambises, por lo mismo que exhalaba el acre aroma de la verdad; frunció el poblado entrecejo de azabache, y por sus ojos cruzó un relámpago como el que despide el puñal al salir de la vaina. Sin embargo, no hizo la menor objeción (señal malísima), y siguió hablando con agrado a su mayordomo.

Cosa de una semana después, al levantarse de la mesa, hora en que solía Cambises pasear por los jardines entreteniéndose en tirar agudas flechas a los pajarillos, llamó a Prejaspes y al hijo de Prejaspes, copero mayor de palacio; y al verlos en su presencia, dijo a Prejaspes en tono alegre: «¿Sabes que he estado pensando en eso de que mis vasallos comenten mi afición al vino? Porque capaces serán de creer que soy algún insensato y que el abuso de la bebida ha turbado mis sentidos, nublado mis pupilas y debilitado este brazo que puso al Egipto por alfombra de mis pies. ¿Lo creerás? Yo mismo siento aprensión y quiero hacer un ensayo. ¡Ea! Que tu hijo se coloque ahí enfrente... Cuádrale bien; échale atrás los brazos para que descubra el pecho... Así... Voy a flechar el arco y disparar... Si coloco la punta en mitad del corazón, convendrás en que se engañan mis súbditos y Cambises conserva íntegras sus facultades.»

Prejaspes, silencioso, obedeció. Temblor profundo sacudía sus miembros; gruesas gotas de sudor helado asomaban en la raíz de sus cabellos; un vértigo oscurecía sus ojos. Pero aún le sostenía la esperanza quimérica de que aquello fuese una chanza feroz, y no más. Cambises tendió el arco, apuntó cuidadosa y lentamente, pellizcó la cuerda; un silbido desgarró el aire, y el hijo de Prejaspes giró sobre sí mismo y cayó al suelo desplomado. «¡Hola! —gritó Cambises—; aquí mis trinchantes... Abrid el pecho de ese, a ver si el hierro ha partido de medio a medio el corazón.» Palpitaba éste débilmente aún cuando se lo presentaron a Cambises, con la flecha plantada en el centro, sin desviación de una línea. Soltó el rey gozosa carcajada, y volvióse hacia el anonadado Prejaspes, preguntándole en tono de buen humor: «¿Qué tal? ¿Sé yo disparar? ¿Sé acertar? ¿Conoces otro arquero mejor que tu rey?» Tardó Prejaspes en contestar a la regia chanza cosa de medio minuto. Estaba inmóvil, y sus pupilas inmensamente dilatadas, no sabían apartarse de aquel corazón sangriento, tibio todavía —el corazón de su dulce hijo-, cuyas débiles contracciones expirantes a cada segundo parecían decirle con misterio: «Padre, véngame.» ¡Arrancar aquella flecha misma, clavarla en la tetilla de Cambises! ¡Oh ventura, oh goce!...

De pronto, Prejaspes volvió en sí: era el rey, era su rey, su dueño, su árbitro, la imagen del eterno Sol sobre la Tierra...; y devorándose el labio en desesperada mordedura, su lengua profirió esta respuesta cortesana: «Señor, el dios Apolo no flecha mejor que tú...» E inclinándose hasta el suelo, desapareció para revolcarse a solas, para poder morderse las manos y herirse el rostro y cubrirse el cabello de ceniza.

Y en presencia de Cambises, Prejaspes ocultó sus lágrimas. Fiel como el perro, acompañóle siempre. Pasado el primer horrible dolor, diríase que le amó más desde que hubo entre los dos sangre y sacrificio. A su lado estaba el día en que, montando Cambises precipitadamente para sofocar una rebelión, se hirió con su propia cimitarra en el muslo, donde había herido al dios Apis; y a su cabecera, cuando se gangrenó la herida y le llevó a la sepultura, Prejaspes fue quien ungió con aromas de nardo y cinamomo el cadáver, y le colocó en las yertas sienes la tiara de oro.

Zenana

Alejandro Magno es de esos caracteres históricos que se prestan igualmente a severa censura y a hiperbólica alabanza. Atrae en virtud de un contraste vigoroso. Es ya luz, ya tinieblas, pero grande siempre. La complejidad de su alma extraordinaria se explica por antecedentes de familia y de educación. Era hijo de Filipo (que reunía a un valor de león una sensualidad de cerdo) y de Olimpias, reina de arrestos viriles, capaz de ajusticiar a sus enemigos por su propia mano, y de mirar con tan despreciativa majestad a doscientos soldados encargados de asesinarla, que se volvieron sin hacerlo, declarando no poder resistir aquella mirada dominadora y terrible. Era alumno de Aristóteles, cuyo solo nombre lo dice todo, y durante ocho años había bebido de tal fuente la sabiduría, que sirve para templar y engrandecer el ánimo, y la ciencia política, que señala rumbos gloriosos a la ambición. Y en un espíritu donde la levadura de todas las pasiones humanas fermentaba al lado de las nociones de todos los ideales divinos, tenían que surgir, entre impulsos atroces y violentas concupiscencias, bellos rasgos de continencia, piedad y magnanimidad, y hasta poéticos romanticismos, semejantes al que da asunto a este cuento.

La casualidad ha traído a mi poder algunas monografías que dejó inéditas el doctísimo alemán Julius Tiefenlehrer, y que forma parte de las doscientas setenta y cinco que este profesor de la Universidad de Gotinga consagró a esclarecer la biografía de Alejandro; las cuales consultan fructuosamente y rebañan sin escrúpulos los más recientes historiadores. Parece que la leyenda contenida en la monografía que hoy saco a luz, es la misma que representa una tapicería gótica perteneciente al barón de Rothschild, y en la cual, con donoso anacronismo, Alejandro luce una armadura de punta en blanco, del siglo XIV, y Zenana el luengo corpiño, el brial y el ancho tocado de las damas contemporáneas de la Santa Sede en Aviñón.

Ha de saberse que Alejandro, después de aniquilar a Darío y hacerse dueño de Persia, fue corrompido por la muelle y refinada vida asiática y por el servilismo de aquellas razas que, a diferencia de los griegos, se postraban ante el rey tributándole honores divinos. Pero, en los primeros tiempos, antes de que el vencedor se dejase vencer por las delicias que reblandecen el alma, luchó para sobreponerse y conservar sus energías morales, y esta lucha, sostenida por un hombre omnipotente, debe serle contada más gloriosa que la victoria de Arbelas.

Claro es que entre las tentaciones de que se veía asaltado Alejandro a cada instante, descollaba la tentación de la mujer, dulcísima asechanza en que caen las almas grandes, igual o acaso más hondo que las pequeñas. No son más hermosas que las griegas las hijas de la Susiana, y acaso sus formas no se prestan tanto a que el pincel las reproduzca; pero en cambio poseen un hechizo perturbador, que enciende la fantasía y subyuga potencias y sentidos. Los rostros pálidos y prolongados como la Luna en su creciente (según la comparación del poeta Firdusi), donde se abren los labios sinuosos, color de cinabrio, parecidos a una flor de sangre; los ojos luengos, de negrísimas y pobladas pestañas, «lagos a la sombra», dice una canción persa; los cuerpos flexibles, delgados de cintura y que en lo alto se ensanchan a manera de jarrón que contiene dos tersas magnolias; el cutis impregnado de aromas sabeos, el pie diminuto encerrado en la delicada babucha de piel de serpiente bordada de perlas, el vestir artificioso, las gasas que muestran y encubren hábilmente el tesoro de la beldad, los cabellos rizados con primor, los brazos lánguidos que saben ceñirse a guisa de anillos de culebra, otros tantos anzuelos y redes para Alejandro, de los cuales no acertaba a desenvolverse. Y como quiera que a cada instante venían a su tienda o a su palacio damas persas a impetrar clemencia o justicia, Alejandro, conociéndose y no queriendo prevaricar en sus funciones de árbitro del mundo, ideó un extraño preservativo: al acercarse una mujer, cubríase el rostro y los ojos con un paño de púrpura, y así las recibía y escuchaba, creyendo ellas que era misterio de la majestad real lo que solo era prevención contra la humana flaqueza.

Acaeció, pues, que estando prisionero de un general de Alejandro el sátrapa Artasiro —y habiéndose resuelto que si el sátrapa no entregaba pingües tesoros que suponían ocultos le matarían cortándole en pedazos-, la única hija del sátrapa, Zenana, se dio arte para llegar hasta el rey, con propósito de abrazar sus rodillas y librar a su padre del suplicio. El candor y la pureza de Zenana se revelaban en la sencillez no estudiada de su atavío; vestida ya de luto, sin adornos ni joyas, con el cabello suelto, solo por natural efecto de la gracia juvenil podría agradar. Y es preciso que, a fuer de verídica, añada que Zenana no era tampoco lo que se llama una hermosura, ni menos poseía el hechizo malvado de las grandes cortesanas de Babilonia, que saben con añagazas y tretas enredar un albedrío. Sin embargo, Alejandro, al oír que una mujer moza solicitaba audiencia, se echó el paño por cara y hombros, y así la recibió.

El no ver la faz augusta prestó ánimo a la tímida Zenana: arrojóse a los pies del macedón, y bañándolos con muchas lágrimas, expuso el objeto de su venida. Notando que Alejandro la escuchaba atentísimo y al parecer con extraña complacencia, explicó detenidamente el caso. Y así que hubo oído la promesa de que su padre tenía salva la vida, Zenana, después de estrechar otra vez las rodillas de Alejandro, desapareció, yendo a ocultarse con su nodriza en una cueva cercana a Babilonia, pues temía ser perseguida y ultrajada por los mismos que intentaban matar al sátrapa.

Pocos días después de este suceso, habiendo notado Higinio, el mayor amigo y confidente de Alejandro, que éste andaba asaz pensativo, cabizbajo y melancólico, le preguntó la causa, y Alejandro, exhalando un suspiro, respondió:

—Es una cosa extraña, querido Higinio, lo que me sucede. Ya sabes que, para precaverme, recibo a las mujeres con el rostro cubierto, porque las hermosas persas hacen daño a los ojos. ¡Ay! ¿De qué me ha servido? ¡Ya veo que el enemigo más allá de los ojos tiene su fortaleza! Recordarás que últimamente me pidió audiencia una dama, hija del sátrapa Artasiro; y yo, fiel a mi propósito, no alcé el trozo de púrpura que me impedía verla. Pero escuché su voz, y no hay arpa hebrea ni lira eolia que a la cadencia de esa voz pueda compararse. El corazón me salta al recordar la música de esa voz. A solas repito palabras que ella pronunció, por evocar mejor el recuerdo del tono con que las dijo. No sé cómo no atropellé por todo y no la detuve aquí cautiva, para seguir oyéndola: creo que fue efecto del mismo encanto que la voz me produjo. Estaba que ni me atrevía a respirar. Y ahora, de día, de noche, tengo aquella voz en los oídos, sueño con ella, y solo puede aliviar mi mal oírla resonar otra vez. Ya lo sabes. Búscame a Zenana, tráemela aquí, porque si no, conozco que perderé el juicio.

Obedeció Higinio prontamente, y puso en movimiento numerosa cohorte, a fin de descubrir a la misteriosa beldad; por tal la tenía. Bien escondida estaba Zenana, pero al fin se averiguó su refugio, e Higinio, antes de llevarla a la presencia de Alejandro, la enteró de cómo el rey, prendado de su voz, se moría por ella. La joven persa, al saber esto, murmuró dulcemente, con su voz melodiosa, que la emoción timbraba:

—Gloria es para mí haber causado tal impresión en el gran rey; pero la placa de plata bruñida en que contemplo mi rostro después del baño y el tocado, me dice que no soy bella; Alejandro, al verme, perderá las ilusiones. Temo su indignación, y temo ante todo que recaiga su cólera sobre mi padre. ¿Por qué no le haces creer a Alejandro que estoy obligada por un voto a los dioses a presentarme cubierta la cara con un velo? Yo no he visto a Alejandro; él no me verá.... y así tal vez consiga evitar su enojo.

Pareció a Higinio tan excelente el ardid de la discreta Zenana, que estuvo conforme, y la misma noche la condujo a los jardines del gineceo de Alejandro. Embriagado éste con la divina voz de la joven persa, se resignó a la condición de velo, y hasta encontró en ella un misterio picante y un singular hechizo.

Le parecía que aquel amor velado y despojado del vulgar incentivo de unas facciones más o menos lindas, era algo delicado y original, que no había gustado nunca. El casto imán de aquel velo triunfó de las desnudeces y la licencia impúdica de las otras damas persas, obstinadas en requerir al héroe.

—Habla y no te descubras, murmuraba tiernamente Alejandro, sentado cerca de una fuente donde la Luna fingía en el agua de los surtidores continuo desgrane de perlas; y las rosas del Gulistán, que después se llamaron de Alejandro, dejaban caer sobre las cabezas de los amantes perfumados pétalos.

Fue el amor de Zenana el más largo e intenso de cuantos disfrutó Alejandro en su corta vida.

La gota de cera

Aunque los historiadores apenas le nombran, Higinio fue de los más íntimos amigos de Alejandro Magno. No se menciona a Higinio, tal vez porque no tuvo la trágica muerte de Filotas, de Parmeion, y de aquel Clitos a quien Alejandro amaba entrañablemente, y a quien así y todo, en una orgía atravesó de parte a parte; y sin embargo (si no mienten documentos descubiertos por el erudito Julios Tiefenlehrer), Higinio gozó de tanta privanza con el conquistador de Persia, como demostrarán los hechos que voy a referir, apoyándome, por supuesto, en la respetabilísima autoridad del sabio alemán antes citado.

Compañero de infancia de Alejandro, Higinio se crió con el héroe. Juntos jugaron y se bañaron en Pela, en los estanques del jardín de Olimpias, y juntos oyeron las lecciones de Aristóteles. La leche y la miel de la sabiduría la gustaron, así puede decirse, en un mismo plato; y en un mismo cáliz libaron el néctar del amor, cuando deshojaron la primera guirnalda de rosas y mirto en Corinto, en casa de la gentil hetera Ismeria. Grabó su afecto con sello más hondo el batirse juntos en la memorable jornada de Queronea, en la cual quedó toda Grecia por Filipo, padre de Alejandro. Los dos amigos, que frisaban en los diecinueve años entonces, mandaron el ala izquierda del ejército, y destruyeron por completo la famosa «legión sagrada» de los tebanos. La noche que siguió a tan magnífica victoria, Higinio pudo haber conseguido el generalato; Alejandro se lo brindaba, con hartos elogios a su valor. Pero Higinio, cubierto aún de sangre, sudor y polvo, respondió dulcemente a los ofrecimientos de su amigo y príncipe:

—No acepto el generalato, porque habiéndome portado bien hoy, tal recompensa y tan alta dignidad me obligarían en conciencia a portarme todavía mejor en otras ocasiones que sobreviniesen, y no puedo comprometerme a amanecer cada día con más valor y más fortuna. Además, de las enseñanzas de nuestro maestro Aristóteles saco yo en limpio que el hombre, habitualmente, debe vivir en paz y no en guerra. Queda demostrado que no soy ningún medroso. El que ha combatido a tu lado en Queronea ya tiene derecho a plantar un laurel en el sagrado bosque de Marte. Déjame de batallas y dame otro puesto cerca de ti, Alejandro, porque te quiero bien y te serviré fielmente.

Alejandro, cuya sangre hervía pidiendo luchas y glorias, se conformó mal de su grado a los deseos de Higinio, y le nombró su gran copero. Era cargo en extremo descansado y de alta confianza, pues sus funciones consistían en custodiar y servir la copa de oro reservada al príncipe, a fin de que nadie pudiese depositar en ella ponzoña. El oficio de Higinio le permitía vivir en constante comunicación con Alejandro, y cuando éste subió al trono, sucediendo a su padre, asesinado por Pausanias, los cortesanos auguraron a Higinio brillante carrera. Poco tardaron en verse desmentidos tales pronósticos: Higinio continuó presentando, recogiendo y custodiando la ya regia copa, sin mezclarse en intrigas ni aspirar a otras grandezas.

Mientras tanto, Alejandro asombraba al universo con sus campañas y triunfos, y ofrecía a Grecia, en compensación de la perdida libertad, páginas de luz para la Historia.

Conteniendo a los bárbaros y sojuzgando el inmenso Imperio de Asia, bien pronto se vio dueño del mundo Alejandro. Cuando, después de dejar trazado el emplazamiento de Alejandría, y de entrar vencedor en Babilonia y Ecbtana, el hijo de Filipo se declaró «hijo de Júpiter» y decretó su propia apoteosis, Higinio —que hacía mucho tiempo no departía con su rey, limitándose a servirle la copa en silencio— fue despertado a las altas horas de la noche de orden de Alejandro que le llamaba a su cabecera. La recién hecha deidad no podía dormir, y reclamaba cuidados y consuelos...

—Señor —dijo Higinio-, celebro poder hablarte sin testigos, como antaño. Justamente deseaba rogarte que me consientas dejar tu servicio y retirarme a mi casita del Ática, donde poseo olivos y colmenas.

—¡Bonita ocasión escoges para abandonarme! —exclamó furioso Alejandro—. ¡Por el intento merecías que te mandase crucificar! ¿Deseas riquezas? Pide cuanto se te antoje... Pero ¿marcharte? Ni lo sueñes. ¿Y de dónde nace esa manía?

—Ya que lo preguntas —contestó Higinio-, lo vas a saber. Yo fui amigo y servidor de un hombre; pero ahora parece que ese hombre se ha vuelto dios. No tengo vocación al sacerdocio. Desde que has ascendido a hijo de Júpiter Hamnon, hermano de Apolo, me inspiras temor y frialdad. El Alejandro que yo amaba no existe. Has ascendido al Olimpo. Él es inmortal, yo mortal. No nos entendemos. Por otra parte, la idea que me he formado de un dios, según la sublime doctrina de Aristóteles...

—¡Dale con Aristóteles! —interrumpió el conquistador—. ¡Como le atrape, a ese sí que le crucifico! ¡Y alto, para que todos lo vean!

—Crucifica, pero escucha. Prescindamos de Aristóteles y supongamos que, en efecto, eres dios. Pues si eres dios, yo no puedo cometer sacrilegio; yo no puedo seguir envenenándote.

—¿Envenenarme tú? —gritó Alejandro incorporándose convulso sobre su lecho de marfil incrustado de oro—.

¡Ahora comprendo por qué un fuego constante abrasa mis venas; ahora comprendo por qué no descanso sino en horrible modorra; ahora me explicó las visiones y las pesadillas que de noche me asaltan y empapan mis sienes en sudor frío! ¡Envenenarme tú! —y con súbito acceso de ternura supiró—. ¿Y por qué quieres mi muerte, tú, mi amigo de la niñez, mi hermano de armas en Queronea?

Higinio, conmovido, se arrojó a los pies de Alejandro, y éste abrió los brazos; los dos amigos juntaron sus rostros y mezclaron sus cabelleras, y el copero declaró, en tono muy diverso del de antes:

—Señor, dulce amado mío, si te enveneno, es contra mi voluntad y por orden tuya... Esas visiones, esas torturas de que te quejas proceden de la doble embriaguez en que vives: estás ebrio de poder y de vino añejo... Antes solo me pedías la copa dos o tres veces en cada comida; desde que el Asia te ha inoculado su molicie y sus vicios, me duelen las manos de tanto recoger la copa vacía y extendértela colmada... Tu alma se ha turbado, la demencia te ronda, te habitúas a la crueldad, hieres a tus leales y morirás joven, sin que nadie necesite pegarte una puñalada, como a tu padre. No quiero ser cómplice, y me voy.

Alejandro, pensativo, seguía estrechando el cuello y la cabeza de su amigo contra su pecho.

—Tienes razón, amado —murmuró al fin con sinceridad generosa—. Pero el hábito de beber se ha arraigado en mí, y si no bebo, me caigo a pedazos. ¿Qué haré? Aconséjame.

—No puedo —declaró Higinio— curarte la borrachera del poder; pero trataré de salvarte de la otra sin que te prives de tu gusto. Fíate en mí y verás.

En efecto, los días que siguieron a esta conversación, Alejandro continuó bebiendo copas tan rebosantes y tantas en número como siempre. No obstante, poco a poco notó con placer gran mejoría. Gradualmente se despejaba su cabeza, se tranquilizaban sus nervios, volvía a sus miembros el vigor y la alegría a su espíritu. Vastos planes maduraban en su cerebro, sobrehumanas empresas bullían en su imaginación heroica. Pasmado y enajenado preguntó a Higinio el secreto, sin que éste se prestase a revelarlo. Pero un cierto Arsotas, juglar persa, adulador y afeminado, que divertía mucho al rey, le dio la clave del enigma.

—Tu gran copero, ¡oh divino Alejandro!, echa cada día una gota de cera en el fondo de tu copa. Así, insensiblemente, reduce su cabida y acorta tus libaciones. Bebes cada día una gota menos. ¡El osado Higinio se atreve a engañar a su soberano y a cercenar sus deleites!

Quedó Alejandro sorprendido; después su sorpresa se convirtió en enojo. ¡Tratarle como a un chiquillo! ¡Embaucarle con un artificio así! ¡Ah! No lo consentiría. ¿Qué se figuraba Higinio? Y una mañana mandó registrar y limpiar la copa, y a la tarde estableció sus famosos certámenes de intemperancia, apostando a beber con los más pellejos de su ejército. Higinio entonces desapareció; probablemente se retiraría al Ática. En cuanto a Alejandro, nadie ignora la ocasión y modo de su muerte: después de vaciar, con alarde jactancioso, no su propia copa, sino la enorme llamada de Hércules, cayó redondo, dando un grito. La fiebre que allí mismo se apoderó de él le arrebató del mundo a los treinta y dos años de edad, en la plenitud de la vida y de la gloria.

La palinodia

El cuento que voy a referir no es mío, ni de nadie, aunque corre impreso; y puedo decir ahora lo que Apuleyo en su Asno de oro: Fabulam groecanica incipimus: es el relato de una fábula griega. Pero esa fábula griega, no de las más populares, tiene el sentido profundo y el sabor a miel de todas sus hermanas; es una flor del humano entendimiento, en aquel tiempo feliz en que no se había divorciado la razón y la fantasía, y de su consorcio nacían las alegorías risueñas y los mitos expresivos y arcanos.

Acaeció, pues, que el poeta Estesícoro, pulsando la cuerda de hierro de su lira heptacorde y haciendo antes una libación a las Euménides con agua de pantano en que se habían macerado amargos ajenjos y ponzoñosa cicuta, entonó una sátira desolladora y feroz contra Helena, esposa de Menelao y causa de la guerra de Troya. Describía el vate con una prolijidad de detalles que después imitó en la *Odisea* el divino Homero, las tribulaciones y desventuras acarreadas por la fatal belleza de la Tindárida: los reinos privados de sus reyes, las esposas sin esposos, las doncellas entregadas a la esclavitud, los hijos huérfanos, los guerreros que en el verdor de sus años habían descendido a la región de las sombras, y cuyo cuerpo ensangrentado ni aun lograra los honores de la pira fúnebre; y trazado este cuadro de desolación, vaciaba el carcaj de sus agudas flechas, acribillando a Helena de invectivas y maldiciones, cubriéndola de ignominia y vergüenza a la faz de Grecia toda.

Con gran asombro de Estesícoro, los griegos, conformes en lamentar la funesta influencia de Helena, no aprobaron, sin embargo, la sátira. Acaso su misma virulencia desagradó a aquel pueblo instintivamente delicado y culto; acaso la piedad que infunde toda mujer habló en favor de la culpable hija de Tíndaro. Su detractor se ganó fama de procaz, lengüilargo y desvergonzado; Helena, algunas simpatías y mucha lástima. En vista de este resultado, Estesícoro, con las orejas gachas, como suele decirse, se encerró en su casa, donde permaneció atacado de misantropía y abrazado a su fea y adusta musa vengadora.

El sueño había cerrado sus párpados una noche, cuando a deshora creyó sentir que una diestra fría y pesada como el mármol se posaba en su mejilla. Despertó sobresaltado y, a la claridad de la estrella que refulgía en la frente de la aparición, reconoció nada menos que al divino Pólux, medio hermano de Helena. Un estremecimiento de terror serpeó por las venas del satírico, que adivinó que Pólux venía a pedirle estrecha cuenta del insulto.

—¿Qué me quieres? —exclamó alarmadísimo.

—Castigarte —declaró Pólux—; pero antes hablemos. Dime por qué has lanzado contra Helena esa sátira insolente; y sé veraz, pues de nada te serviría mentir.

—¡Es cierto! —respondió Estesícoro—. ¡En vano trataría un mortal de esconder a los inmortales lo que lleva en su corazón! Como tú puedes leer en él, sabes de sobra que la indignación por los males que ocasionó tu hermana y el dolor de ver a la patria afligida, me dictaron ese canto.

—Porque leo en lo oculto sé que pretendes engañarme —murmuró con desprecio Pólux—. Y sin poseer mi perspicacia divina, los griegos, han sabido también conocer tus móviles y tus intenciones. No existe ejemplo, ¡oh poeta!, de satírico que tenga por musa el bien general: siempre esta hipócrita apariencia oculta miras personales y egoístas. Tú viste la belleza de mi hermana; tú la codiciaste, y no pudiste sufrir que otro cogiese las rosas cuyo aroma te enloquecía.

—Tu hermana ha ultrajado a la santa virtud —declaró enfáticamente Estesícoro.

—Mi hermana no recibió de los dioses el encargo de representar la virtud, sino la hermosura —replicó Pólux, enojado—. Si hubiese un mortal en quien se encarnasen a un mismo tiempo la virtud, la hermosura y la sabiduría, ése sería igual a los inmortales. ¿Qué digo? Sería igual al mismo Jove, padre de los dioses y los hombres; porque entre los demás que se nutren de la ambrosía, los hay, como la sacra Venus, en quienes solo se cifra la belleza, y otros, como la blanca Diana, en quienes se diviniza la castidad. Si tanto te reconcomía el deseo de zaherir a los malos, debiste hacer blanco de tu sátira a algunas de las infinitas mujeres que en Grecia, sin poder alardear de la integridad y pureza de Diana, carecen de las gracias y atractivos de Venus. La hermosura merece veneración; la hermosura ha tenido y tendrá siempre altares entre nosotros; por la hermosura, Grecia será celebrada en los venideros siglos. Ya que has perdido el respeto a la hermosura, pierde el uso de los sentidos, que no sirven para recrearte en ella por la contemplación estética.

Y vibrando un rayo del astro resplandeciente que coronaba su cabeza, Pólux reventó el ojo derecho de Estesícoro. Aún no se había extinguido el ¡ay! que arrancó al poeta el agudo dolor, y apenas había desaparecido Pólux, cuando apareció el otro Dióscuro, Cástor, medio hermano también de Helena, hijo de Leda y del sagrado cisne; y pronunciando palabras de reprobación contra el ofensor de su hermana, con una chispa desprendida de la estrella que lucía sobre sus cabellos, quemó el ojo izquierdo del satírico, dejándole ciego. Alboreó poco después el día, mas no para el malaventurado Estesícoro, sepultado en eterna y negra noche. Levantándose como pudo, buscó a tientas un báculo, y pidiendo por compasión a los que cruzaban la calle que le guiasen, fue a llamar a la puerta de su amigo el filósofo Artemidoro, y derramando un torrente de lágrimas, se arrojó en sus brazos, clamando, entre gemidos desgarradores:

—¡Oh Artemidoro! ¡Desdichado de mí! ¡Ya no la veré más! ¡Ya no volveré a disfrutar de su dulce vista!

—¿A quién dices que no verás más? —interrogó sorprendido el filósofo.

—¡A Helena, a Helena, la más hermosa de las mujeres! —gritó el satírico llorando a moco y baba.

—¿A Helena? ¿Pues no la has rebajado tú en tus versos? —pronunció Artemidoro, más atónito cada vez—. ¿No la has estigmatizado y flagelado en una sátira quemante?

—¡Ay! ¡Por lo mismo! —sollozó Estesícoro, dejándose caer al suelo y revolcándose en él—. Ahora comprendo que mi sátira era un himno a su hermosura... un himno vuelto del revés, pero al fin un himno. Los celestes gemelos me han castigado privándome de la vista, y las tinieblas en que he de vivir son más densas, porque no veré a la encarnación humana de la forma divina, al ideal realizado en la tierra.

—No te aflijas y espera —dijo Artemidoro—; tal vez consiga yo salvarte.

Cuando la incomparable Helena supo de Artemidoro que su detractor Estesícoro solo lamentaba estar ciego por no poder admirar sus hechizos, sonrió, halagada la insaciable vanidad femenil, y murmuró con deliciosa coquetería:

—Realmente, Artemidoro, ese vate es un infeliz, un ser inofensivo; nadie le hace caso en Grecia y yo, menos que nadie. No merece tanto rigor y tanta desventura. Anúnciale que voy a sanarle los ojos.

Y tomando en sus manos ebúrneas una copa llena de agua de la fuente Castalia, bañó con su linfa las pupilas hueras del

satírico, que al punto recobró la luz. Como el primer objeto
que vio fue Helena, se arrodilló transportado prorrumpien-
do en una oda sublime de gratitud y arrepentimiento, que se
llamó Palinodia.

El mandil de cuero

No creáis que esto que voy a referir sucedió en nuestros días ni en nuestras tierras, ni que es invención o ficción. Si encierra alguna moraleja aprovechable, consistirá en que la historia tiene sentido y enseñanza. ¡Ay del género humano si la Historia se redujese a la opresión del débil por el fuerte, al triunfo de la violencia!

Érase que se era un rey de Persia, a quien muchos llaman Nemrod, pero que según versiones más fundadas, debió de llamarse Doac, y fue matador y sucesor de aquel Yemsid cuyo pecado consistía en creerse perfecto. Este Doac era mago brujo y sabidor; pero en vez de ejercer su ciencia según la habían ejercitado sus predecesores —fundando ciudades, enseñando y propagando artes e industrias, venciendo en singular batalla a los divos o genios del mal, estableciendo las primeras pesquerías de perlas, horadando las primeras minas de turquesas, popularizando el conocimiento del alfabeto y de los signos que, trazados sobre ladrillo o piedra, conservan al través de las edades el recuerdo de los hechos insignes-, el empecatado Doac solo utilizó su magia para componer y destilar filtros y venenos y refinar ingeniosos suplicios, porque se deleitaba en el dolor, y los gemidos eran para él regalada música. Hasta el reinado de Doac, no sabían los persas cómo desgarra las carnes un haz de varillas, ni cómo aprieta la nuez una soga. Cuando se pregunta qué enseñó Doac a sus súbditos, la crónica responde que enseñó a azotar y ahorcar.

Cansado sin duda el Cielo, infligió a Doac un padecimiento cruel y vergonzoso. Una mañana, al disponerse a gozar las delicias del baño, notó el rey que en cada hombro le había salido gruesa verruga, tamaña como un huevo y de la mismísima figura que una cabeza de serpiente: chata, verdosa, horrible.

Al principio no dolían las tales excrecencias; pero no tardaron en ulcerarse y causar atroz martirio, que determinaba en Doac accesos de rabia, siendo lo peor que como no quería enseñar a los médicos ni a persona viviente su asqueroso alifafe, tenía que lavarse, curarse y vestirse solo, y atender a las úlceras con las plastas y ungüentos que encontraba en su repertorio mágico.

Desesperado ya de tantas recetas que habían salido vanas, y realizando nuevos conjuros, un día amaneció con la persuasión de que el único remedio eran los sesos de un hombre, aplicados calientes aún a las enconadas heridas.

No vaya nadie a asustarse de la ignorancia que esto acusa en los tiempos de Doac, pues aún en los nuestros hemos podido ver que se receta el redaño del carnero, el pichón abierto en canal y el trozo de carne de buey sobre el lupus. Que la sangrienta medicina sería algo eficaz se demuestra con que poco a poco fueron vaciándose las prisiones del reino de Persia; diariamente ejecutaban a dos presos para sacarles el meollo. Mas no hay en el mundo cosa que no se agote, y también los criminales encerrados; así es que, cuando faltó la ración de meollo fresco, se fijó un tributo de dos hombres por día, que cobraban sayones y verdugos enviados aquí y allá a requisar. Solían éstos elegir, entre las familias numerosas, el individuo enfermizo, deforme, imposibilitado, el viejo, el inútil. Y ocurrió que, enterándose Doac de esta circunstancia, montó en furiosa cólera, jurando que si seguían dándole el desecho y lo peor de los sesos de sus vasallos, los degollaría a todos. Entonces los verdugos resolvieron sacrificar lo más florido de Yspahan, para dejar al rey satisfecho.

No se determinaron, sin embargo, a buscar víctimas entre la gente poderosa (magnates, empleados de la casa real); pero, en los primeros instantes, acordándose de que un pobre herrero, llamado Cavé, tenía dos hijos como dos pinos de oro, gallardos en extremo y diestros en todos los ejercicios corporales; y pareciéndoles buena presa, los sorprendieron en la plaza pública, los degollaron, les abrieron el cráneo y llevaron a Doac su masa cerebral caliente todavía.

Hallábase Cavé trabajando en su forja, cuando los vecinos, entre compasivos e indiscretos, acudieron a darle la fatal nueva. Al pronto pareció como si el mísero padre no se hubiese enterado de la inaudita desventura que le comunicaban: helado, inmóvil, mudo, escuchó la relación del atroz caso. De súbito, su pena estalló formidable, cual transporte de león que rompe la cadera y arranca de un zarpazo los hierros de la jaula. Lo que hizo salvar a Cavé fue saber que precisamente por ser sus hijos fuertes, inteligentes y hermosos, los habían señalado para la cuchilla. «¡No dejarme ni siquiera uno para consuelo! ¡Ah! ¡Juro por la luz eterna del Sol que me vengaré!» Y el herrero, gritando así, blandía su enorme martillo y al blandirlo, montañas de carne bronceada, endurecida por el trabajo, se acumulaban en su brazo desnudo y negro de escoria.

Desciñéndose el amplio mandilón de cuero que le protegía, Cavé lo ató a la punta de un palo, y con el mandil por estandarte y el martillo por arma, salió a la plaza profiriendo clamores de maldición contra Doac. A la voz del desesperado padre, sucedió un extraño fenómeno: los habitantes de Yspahan, que yacían aletargados y helados de miedo, recobraron energía, sacudieron la modorra; al ver que existía un hombre que se atrevía a enarbolar un estandarte, corrieron a rodearle locos de entusiasmo, y la sedición estalló tan repentina, que el tirano solo tuvo tiempo de huir vergonzosamente con sus mujeres y sus tesoros.

Lejos ya de Yspahan, juntó Doac un ejército de más de cien mil hombres, y volvió dispuesto a disolver las hordas que un artesano capitaneaba y que tenían por bandera sucio y denegrido mandil de cuero. Pero avínole mal, porque el bordado guión de Doac, de seda y oro, recamado de perlas, ostentando por emblema los siete planetas y la Luna, hubo de retroceder ante el pedazo de suela que solo lucía los estigmas del trabajo y las huellas del humano sudor, y la cabeza de Doac, goteando sangre, lívida, contraída por la mueca de la agonía, quedó hincada en el palo que sostenía el mandil de cuero, mientras las tropas de Cavé, habiendo despojado al tirano de sus vestiduras, se reían a carcajadas de las dos verrugas que en sus hombros figuraban cabezas de serpiente...

Al ser saludado rey por su ejército, el herrero se negó rotundamente a aceptar la corona. Él mismo señaló para reinar al príncipe Feridún, que después fue un gran monarca y un sabio profundo, y enseñó a los persas la astronomía, la medicina y la botánica. La única gloria que cupo a Cavé, el herrero, se cifró en su mandil, que Feridún tomó por estandarte regio. Siempre que al entrar en batalla Feridún, sin falso rubor ni respetos humanos, colocaba ante sí aquel trozo de suela que representaba la santidad del trabajo y la protesta contra la injusticia y el abuso del poder, era como si llevase un talismán: tenía la victoria segura. Cuando se avergonzaba del mandil de cuero, salía derrotado. Por haberse perdido en las revueltas y vicisitudes de la invasión griega el mandil, símbolo de que no debe el monarca colmar la copa de la iniquidad para que no se desborde la de la ira celeste; por haber desaparecido, digo, el estandarte de Cavé y su tradición de independencia, llegaron los persas, pueblo nobilísimo en su

origen y de altas facultades intelectuales, al atraso, al servilismo y a la abyección en que hoy se pudren.

Los cabellos

Era en el doble reducto de la plaza fuerte de Mahanaim. Entre ambas líneas de fortificaciones, sobre el reborde de piedra gris que sostenía la casamata, David, extenuado, se sentó a esperar noticias. Más de dos horas hacía que daba vueltas impaciente porque no acababan de llegar los mensajeros. Aumentaba su fiebre la imposibilidad de acudir en persona al campo de batalla, lo cual rompería su propósito firme de no mandar nunca tropas en casos de guerra civil. Si se tratase de combatir a los filisteos y de renovar los laureles de Balparasim, derramando la heroica libación del agua sagrada de Belén, por no aplacar la sed cuando desfallecían los soldados, o de organizar otra batalla de Refaim, donde por primera vez en el mundo antiguo hizo milagros la estrategia; si se encendiese la lucha con los moabitas idólatras y libres, o con los opulentos arameos, o con los insolentes amonitas, que habían ultrajado a los embajadores de Israel, allí estaría David el hondero, el gibor, el aventurero para quien es dulce música, más que el acorde de la cítara, el choque de las armas. Pero oponerse a los suyos, desenvainar la espada o blandir la lanza para que busque el costado de un amigo, de un pariente, de un compañero, había repugnado a David. Y ahora, en el trágico momento presente, el rey bendecía aquella antigua resolución, que le evitaba luchar con su propia sangre, el preferido de su alma, la luz de su ojo derecho, su hijo.

Hay en las situaciones violentas y en las horas de extremada ansiedad un instante en que los nervios se aflojan y el cuerpo se rinde a la necesidad de descanso. La inquietud, la calentura del viejo monarca se aplacaron desde que se dejó caer sobre aquel reborde de piedra en el solitario fortificado recinto. Por las saeteras vio la luz roja del poniente, que abrasaba el campo con reflejos de hoguera enorme. Aquella claridad purpúrea, sangrienta, devoradora, fue lo último que advirtió David antes de cerrar los párpados y reclinar la cabeza en el muro, olvidando lo presente, las angustias de la incertidumbre y los terrores del espíritu...

Y después siguió viendo la misma claridad del ocaso; pero sus tonos se habían dulcificado, fundiéndose en suaves medias tintas naranja, oro y verde. Era el divino atardecer de los países orientales, cien veces más hermoso que la aurora. Irisaciones de perla abrillantaban las imperceptibles nubecillas, desgarradas como jirones del velo de una danzarina filistea; y sobre el arrebolado horizonte, las ramas de los sicomoros y de los cedros formaban un pabellón de misterio y sombra sugestiva. La frescura del aire atenuaba las emanaciones fuertes de las resinas y las gomas; una languidez voluptuosa se apoderaba del corazón. David se levantaba, se apoyaba en el balaustre de jaspe de la terraza, se inclinaba para hundir la mirada en los macizos de verdura, atraído por el rumor delicioso de los chorros de agua que se deshilan en el ancho pilón de mármol, surtiendo por diez bocas de bronce. Y al punto mismo en que el rey se inclina, sobre las gradas que conducen a la pila aparece una viviente estatua, rosada por el reflejo del cielo, vestida únicamente de la negra cabellera caudalosa, que se reparte como los hilos del agua, y ondea y brilla y juega, y se esparce, recién ungida de aceite de nardo que la mujer, alzando los brazos, extiende por los rizos sombríos, enredándolos entre los dedos...

Todo el incendio del firmamento ardió en las venas de David. Él mismo, desde aquella hora, se maravilló dentro de sí, no comprendiendo. Estaba bien seguro de que su fiel copero no le había vertido en el vino zumo de hierbas, en las cuales el conjuro de alguna nigromántica como la de Endor insinúa traidoramente el filtro de la pasión repentina y mortal. Pasados eran para David los días de la juventud, cuando su mano certera clavaba el guijarro afilado en la frente del descomunal gigante. Innumerables mujeres habían impregnado el olfato del rey con el perfume de sus cabelleras, y al disiparse éste se borraba la imagen, porque es indigno del sabio, del profeta, del caudillo, del legislador, reblandecerse en el harén, ser cautivo de una débil hembra. Y sin embargo, en aquel instante, no cabía duda, era el incendio del cielo el que ardía en las venas de David, y el rey conocía que ni toda el agua de la piscina, ni de los torrentes que bajan impetuosos de Cedar y Hebrón, sería bastante a extinguirlo. Betsabé le había robado el seso, no con el crujir de sus sandalias, porque descalzos tenía los finos pies y hasta sin argolla de plata el sutil tobillo, sino con el aroma peculiar de sus bucles negros como la tentación.

Rápidamente sobrevenía la noche, y muchas noches más, durante las cuales David se abismaba en su pecado, esperando de un modo confuso la hora del arrepentimiento. Presentía la aparición de la conciencia, el descenso del ángel severo y terrible. Era inútil: su pecado yacía hondo en su corazón, arraigado allí y fijo a manera de saeta en la herida. Ni la ciencia arcana que había de recibir andando el tiempo Suleimán, a quien llamamos Salomón, acertará a explicar las causas de la perseverancia en el amor, fenómeno extraño que induce fatalmente a un ser hacia otro ser. David no podía vivir sin la esposa de Urías el Héteo, el mejor oficial, el valiente compañero de armas. ¡Si aquella mujer hubiese pertenecido a un enemigo! David, estremeciéndose, pensaba en las sugestiones del miedo de la favorita, en las súplicas tiernas e insinuantes como silbo de culebra entre las rosas del valle de Jericó: «No accederé», murmuraba; pero la idea del engaño y el crimen iba ya deslizándose en su alma, impregnándola de veneno. Urías estaba sentenciado... El sentimiento más generoso y bello que crea la vida militar; el leal compañerismo, el cariño de los que a un mismo riesgo se exponen y ganan la misma gloria, le gritaba a David: «Vas a cometer la mayor de las infamias.» Y a sabiendas, David, el de la conciencia despierta, el gran arrepentido, el que sentía incesantemente la tremenda presencia de Eloim-Jehová, por el olor de unos cabellos de mujer, envió al capitán Urías, uno de los treinta gibores o valientes, bajo los muros de Rabat-Amón, con mensaje cerrado para el general Joab; y en cumplimiento de la real orden, Urías fue puesto a la cabeza de un destacamento que a toda costa debía entrar en la ciudad. Y Urías obedeció, gozoso, ansioso de victoria, y su cuerpo quedó tendido al pie de la muralla, bañada en sangre.

En los oídos de David, llenos de la voz acariciadora y ambiciosa de Betsabé, sonaba entonces otra voz terrible, la del vidente Natán, por cuya boca hablaba el Señor. Trémulo en brazos de la favorita, de la que ya era su esposa, se humillaba ante el airado anatema, la maldición fatídica. «Porque hiciste lo malo en mi presencia, no se apartará espada de tu casa, y sobre tu casa levantaré el mal...»

Al evocar las palabras del vidente, David exhalaba un gemido doloroso... y se despertaba, empapadas las sienes en sudor frío. Miraba alrededor con ojos extraviados y atónitos, y reconocía el lugar, aquel doble recinto fortificado de Mahanaim, tétrico y ceñudo, donde solo resonaban los pasos del centinela y se escuchaba, a trechos, el alerta gutural del vigía. A la roja brasa del poniente había sucedido el azul negruzco de la noche, sobre el cual parpadeaban las estrellas tristemente. ¿Sin noticias aún? ¿Qué podía haber sucedido allá en la selva de Efraim, donde desde la hora de la mañana luchaban las fuerzas del rebelde Absalón con las de David, mandadas por Joab? ¿Qué estragos hacía la espada aquella, nunca apartada de su casa, según la profecía? De súbito, un clamoreo a distancia, una algazara inmensa. Confundíanse el trotar de los corceles, el choque de las armas, el estrépito de la infantería hiriendo la tierra con el duro calzado militar, y empujando a los cautivos entre alaridos de muerte y gritos de cólera, el mugir de los bueyes que arrastraban las carretas de botín, todo lo que al oído experto del guerrero suena a triunfo. David se incorporó, pálido y espantado: la guarnición de la plaza acudía con teas ardiendo, y el primer mensajero caía a los pies del rey, sin aliento, ahogándose.

—Alabemos al Señor... —tartamudeaba—. Deshecha la rebelión, pasados a cuchillo tus enemigos... ¡Gloria al rey!

Arrojándose sobre el emisario, David exclamó furiosamente:

—¿Y mi hijo? ¿Y Absalón, mi hijo, mi heredero, el príncipe real?

No hubo respuesta. Otro emisario llegaba jadeante, loco de júbilo.

—El Señor ha confundido a los que te querían dañar. Veinte mil quedan en el campo de batalla, consumidos por la espada, sirviendo de pasto a los buitres. Y Absalón, suspenso entre el cielo y la tierra, colgado de las ramas de un terebinto, ha recibido en el pecho muchos dardos. Dicha tuya ha sido ¡oh rey! que los hermosos cabellos del príncipe, todos impregnados de esencia, se enredaran en las ramas y le detuviesen en su precipitada fuga. A no ser por los negros bucles, que caían como maduros racimos de vid a lo largo de la espalda... tu enemigo se hubiese salvado; tan ligera iba su mula...

Y el emisario calló, porque el rey acababa de desplomarse en tierra arañándose el rostro, arrancándose el pelo y sollozando: «¡Hijo, hijo mío!»

Al buen callar...

No tenían más hijo que aquel los duques de Toledo, pero era un niño como unas flores; sano, apuesto, intrépido, y, en la edad tierna, de condición tan angelical y noble, que le amaban sus servidores punto menos que sus padres. Traíale su madre vestido de terciopelo que guarnecían encajes de Holanda, luciendo guantes de olorosa gamuza y brincos y joyeles de pedrería en el cintillo del birrete; y al mirarle pasar por la calle, bizarro y galán cual un caballero en miniatura, las mujeres le echaban besos con la punta de los dedos, las vejezuelas reían guiñando el ojo para significar «¡Quién te verá a los veinte!», y los graves beneficiados y los frailes austeros, sacando la cabeza de la capucha y las manos de las mangas, le enviaban al paso una bendición.

Sin embargo, el duque de Toledo, aunque muy orgulloso de su vástago, observaba con inquietud creciente una mala cualidad que tenía, y que según avanzaba en edad el niño don Sancho iba en aumento. Consistía el defecto en una especie de manía tenacísima de cantar la verdad a troche y moche, viniese a cuento o no viniese, en cualquier asunto y delante de cualquier persona. Cortesano viejo ya el duque de Toledo, ducho en saber que en la corte todo es disfraz, adivinaba con terror que su hijo, por más alentado, generoso, listo y agudo que se mostrase, jamás obtendría el alto puesto que le era debido en el mundo, si no corregía tan funesta propensión.

—Reñida está la discreción con la verdad: como que la verdad es a menudo la indiscreción misma —advertía a su hijo el duque—. Por la boca solemos morir como los simples peces, y no es muerte propia de hombre avisado, sino de animal bruto, frío y torpe —solía añadir.

Corríase y afligíase el rapaz de tales reprensiones y advertencias, y persuadido de que erraba al ser tan sincero, proponía en su corazón enmendarse; pero su natural no lo consentía: una fuerza extraña le traía la verdad a los labios, no dándole punto de reposo hasta que la soltaba por fin, con gran aflicción del duque, que se mataba en repetir:

—Hijo Sancho, mira que lo que haces... La verdad es un veneno de los más activos; pero en vez de tomarse por la boca, sale de ella. Esparcida en el aire, es cuando mata. Si tan atractiva te parece la fatal verdad, guárdala en ti y para ti; no la repartas con nadie, y a nadie envenenarás.

Acaeció, pues, que frisando en los trece años y siendo cada vez más lindo, dispuesto y gentil el hijo de los duques de Toledo, un día que la reina salió a oír misa de parida a la catedral, hubo de verle al paso, y prendada de su apostura y de la buena gracia con que le hizo una reverencia profundísima, quiso informarse de quién era, y apenas lo supo, llamó al duque y con grandes instancias le pidió a don Sancho para paje de su real persona. Más aterrado que lisonjeado, participó el duque a su hijo el honor que les dispensaba la reina.

—Aquí de mis recelos, aquí del peligro, Sancho... Tu funesto achaque de veracidad ahora es cuando va a perderte y perdernos. Si la reserva y el arte de bien callar son siempre provechosas, en la cámara de los reyes son indispensables, te lo juro.

—Antes pienso, padre —replicó el precoz don Sancho-, que al lado de los reyes, por ser ellos figura e imagen de Dios, alentará la verdad misma. No cabrá en ellos mentira ni acción que deba ser oculta o reservada.

Confuso y perplejo dejó la respuesta al duque, pues le escarabajeaban en la memoria ciertas murmuraciones cortesanas referentes a liviandades y amoríos regios; pero tomando aliento:

—No, hijo —exclamó por fin-, no es así como tú supones... Cuando seas mayor y tu razón madure, entenderás estos enigmas. Por ahora solo te diré que si vas a la corte resuelto a decir verdades, mejor será que tomes ya mi cabeza y se la entregues al verdugo.

Cabizbajo y melancólico se quedó algún tiempo don Sancho, hasta que, como el que promete, extendió la mano con extraña gravedad, impropia de su juventud.

—Yo sé el remedio —afirmó. Mentir me es imposible, pero no así guardar silencio. Haced vos, padre, correr la voz de que un accidente me ha privado del habla, y yo os prometo, por dispensaros favor, ser mudo hasta el último día de mi vida si es preciso.

Pareció bien el arbitrio al duque y divulgó lo de la mudez; siendo lo notable del caso que la reina, sabedora de que el bello rapaz era mudo, mostró alegría suma y mayor empeño en tenerle a su servicio y órdenes. En efecto, desde aquel día asistió don Sancho como paje en la cámara de la reina, sellados los labios por el candado de la voluntad, viendo y oyendo todo cuanto ocurría, pero sin medios de propalarlo. Poco a poco la reina iba cobrándole extremado cariño. Sancho se pasaba las horas muertas echado en cojines de terciopelo al pie del sillón de su ama y recostando la cabeza en sus faldas, mientras ella con la fina mano cargada de sortijas le acariciaba maternalmente los oscuros y sedosos bucles. Las primeras veces que don Sancho fue encargado de abrir la puerta secreta a cierto magnate, y le vio penetrar furtivamente y a deshora en el camarín, y a la reina echarle al cuello los brazos, el pajecillo se dolió, se indignó, y, a poder soltar la lengua, Dios sabe la tragedia que en el palacio se arma.

Por fortuna, Sancho era mudo; oía, eso sí, y las pláticas de los dos enamorados le pusieron al corriente de cosas harto graves, de secretos de Estado y familia; entre otros, de que el rey, a su vez, salía todas las noches con maravilloso recato a visitar a cierta judía muy hermosa, por quien olvidaba sus obligaciones de esposo y de monarca, y merced a cuyo influjo protegía desmedidamente a los hebreos, con perjuicio de sus reinos y mengua de sus tesoros. Envuelta en el misterio esta intriga, no la sabían más que el magnate y la reina; y don Sancho, trasladando su indignación del delito de la mujer al del marido, celebró nuevamente no haber tenido voz, porque así no se veía en riesgo de revelar verdad tan infame. Pasado algún tiempo, la confianza con que se hablaban delante del mudo pajecillo instruyó a éste de varias maldades gordas que se tramaban en la corte: supo cómo el privado, disimuladamente, hacía mangas y capirotes de la hacienda pública, y cómo el tío del rey conspiraba para destronarle, con otras infinitas tunantadas y bellaquerías que a cada momento soliviantaban y encrespaban la cólera y la virtuosa impaciencia de don Sancho, poniendo a prueba su constancia, en el mutismo absoluto a que se había comprometido.

Sucedía entretanto que le amaban todos mucho, porque aquel lindo paje silencioso, tan hidalgo y tan obediente, jamás había causado daño alguno a nadie. No hay para qué decir si le favorecían las damas, viéndole tan gentil y estando ciertas de su discreción; y desde el rey hasta el último criado, todos le deseaban bienes. Tanto aumentó su crédito y favor, que al cumplir los veinte años y tener que dejar su oficio de paje por el noble empleo de las armas, colmáronle de mercedes a porfía el rey, la reina, el privado y el infante, acrecentando los honores y preeminencias de su casa y haciéndole donación de alcaldías, fortalezas, villas y castillos. Y cuando, húmedas las mejillas de beso empapado de lágrimas con que le despidió la reina, que le quería como a otro hijo; oprimido el cuello con el peso de la cadena de oro que acababa de ceñirle el rey, salió don Sancho del alcázar y cabalgó en el fogoso andaluz de que el infante le había hecho presente; al ver cuántos males había evitado y cuántas prosperidades había traído su extraña determinación, tentóse la lengua con los dientes, y, meditabundo, dijo para sí (pues para los demás estaba bien determinado a no decir oxte ni moxte): «A la primera palabra que sueltes al aire, lengua mía, con estos dientes o con mi puñal te corto y te hecho a los canes.»

Hay eruditos que sostienen la opinión de que de esta historia procede la frase vulgar, sin otra explicación plausible: «Al buen callar llaman Sancho.»

Fausto y Dafrosa

La aguardaba en el embarcadero a boca de noche, y cuando divisó a lo lejos la barca, que avanzaba al empuje de los brazos fuertes de los remeros, abriendo estela de luz verdosa en el mar fosforecente, al corazón de Fausto se agolpó la sangre, y sus ojos se nublaron.

Venía o, mejor dicho, la traían, se la entregaban; en su poder iba a estar aquella por quien tantas veces había pasado la noche en vela, febril, paladeando acíbar, desesperando y mordiéndose los puños de rabia, o esperando insensatamente.

¿Insensatamente? Criminalmente se diría mejor. Por aquella que se reclinaba en la proa, envuelta en blancos velos, en actitud pensativa, Fausto había descendido a la delación y al espionaje como un liberto, echando negra mancha sobre el decoro de su estirpe consular. Por ella había deslizado en los oídos del emperador «apóstata» el consejo fatal al ex prefecto Flaviano, y más de una velada, a la claridad indecisa de la triple lámpara cubicularia, las sombras del cortinaje dibujaron ante los ojos espantados de Fausto la pálida figura de un varón ilustre marcado en la frente con el hierro que estigmatiza a los facinerosos... Pero en aquel instante el musical chapaleteo de los remos ahuyentaba remordimientos y angustias, y de lo profundo de las aguas la voz de las sirenas de la felicidad subía como un himno...

Descendió Fausto al muelle con precipitación, y cogiendo de manos de los esclavos el taburete de cedro, lo presentó al pie de Dafrosa, que prontamente, sin hacer hincapié, saltó a las puntiagudas piedras. A la salutación, al «¡Ave!» que en temblorosa voz articuló Fausto, respondió ella con una sonrisa triste. Y echaron a andar hacia la villa, sin que Fausto se atreviese a ofrecer el antebrazo para que Dafrosa se apoyase. Un poco de sobrealiento de la matrona indicaba, sin embargo, que no hubiese sido superfluo el auxilio.

En la terraza de la villa, alumbrada por antorchas fijas en la pared, estaba dispuesto un refresco de bienevenida; leche, frutas, pan en flor, peces cocidos —los sencillos manjares de que gusta una cristiana—. Se lo hizo observar Fausto a Dafrosa, la cual, rompiendo uno de los panes, los llevó a los labios, no sin hacer antes la señal de la cruz. Quedáronse solos Fausto y la tan deseada. Parpadeaban las estrellas en el firmamento turquí, y el aire columpiaba bocanadas de esencia de rosas purpúreas, unas rosas que el mismo emperador Juliano había traído de Alejandría para adornar con festones de ellas el ara de la Afrodita, porque se atribuían a su aroma virtudes como de filtro para enajenar el corazón.

Fue Dafrosa quien rompió el peligroso silencio.

—Fausto —dijo con tranquila melancolía-, ¿quién nos dijera que nos encontraríamos así otra vez? Cuando yo me confesaba llorando de que no podía olvidarte, ¿iba a suponer que el Sacro emperador me desterrase a vivir contigo?

Indeciso Fausto, dudó entre caer a los pies de la matrona y abrazar sus rodillas o contestar algo —no sabía qué—. Entonces Dafrosa echó atrás el velo blanco que envolvía el óvalo de su rostro, y a la luz de las antorchas Fausto pudo ver con asombro una cara consumida por el dolor, unos ojos marchitos, unas mejillas demacradas; el pelo, recogido modestamente con cintas de lana violeta, no era ya aquella rubia vedija, aureola de oro; ¡a Dafrosa se le había vuelto el cabello todo gris, del gris de las nubes, del gris de la ceniza seca y hacinada en el hogar!

—Puedes mirarme impunemente, Fausto —añadió ella—. Soy otra. La Dafrosa que conociste no está ya en el mundo.

Después de que me contemples, te volverás a tu palacio de Roma, dejándome sola en esta isla, donde haré penitencia. He sido justamente castigada por haberte querido, cariño involuntario que yo no podía arrancar de mí por más que hacía. Se llevaron a mi marido para matarle poco a poco, y a mí me despreciaron. Lo merecía. Ahora los malvados me entregan a ti, quizá por creer que tú eres un peligro. Para Dafrosa ya no hay peligros. Mírame así; despacio, con atención; examíname. La misericordia divina me ha quitado enteramente mi hermosura.

Inmóvil permanecía Fausto, penetrado de un sentimiento singular, diferente de cuantos hasta entonces habían agitado su alma complicada de romano de la decadencia, de amigo del refinado filósofo, el césar Juliano. No hacía mucho que en el palacio imperial, ante las aras restauradas de la Kaleos helénica, habían celebrado los dos amigos un pacto, especie de misteriosa iniciación de un culto secreto, diverso del vulgar paganismo que se saciaba con los sacrificios de bueyes y terneros, con las ceremonias impuras. Esta otra religión, preferida por Juliano, reemplazaba la teogonía y las supersticiones con la adoración de la belleza suprema de la Forma en su armonía divina, en su euritmia sacrosanta, cuya relación percibe la inteligencia por encima de los sentidos. Una estatua de mujer, perfectísima, de líneas impecables, obra de Fidias, se erguía sobre el ara, en mitad de la capillita o cella donde el emperador cumplía el rito, derramando las claras libaciones, quemando el incienso sabeo en el pebetero de oro de exquisita labor oriental. Y el Apóstata, tomando de la mano a su amigo, le obligaba a postrarse allí, murmurando: «Esta es la Diosa, ésta, y no el triste Galileo, que ha traído la fealdad al mundo.» Y, ahora Fausto, en presencia de Dafrosa, la mujer tan codiciada cuando la poseía Flaviano y ella vivía recluida el pie de sus lares, por no descubrir en los ojos los pensamientos, ahora Fausto advertía en sí mismo un trastorno, una variación incomprensible. Los afanes, los delirios, las ansias de posesión, la fiebre pasional tanto tiempo sufrida, alimentada por la Beldad, que ata las almas y no las suelta hasta el sepulcro, habían desaparecido. La forma adorada no existía, y tampoco lo que se deriva de ella. En el mar tranquilo habían enmudecido las sirenas cantoras; en el cielo turquí las estrellas ya no parpadeaban de amor. Las rosas no desprendían ni un átomo de esencia: el rocío de la noche probablemente congelaba sus cálices, derramando en ellos una serenidad frígida. Las tenaces ligaduras de la carne se rompían en Fausto; su sangre, antes fuego, discurría convertida en luz por las venas. Y acercándose a Dafrosa, le tomó las manos y las llevó a su frente, murmurando en un suspiro:

—Porque has perdido tu hermosura, te quiero más. Te parecerá que es mentira, y a mí ayer me lo parecía también, pero mira que no te engaño.

No retiró las palmas Dafrosa. Este sencillo contacto no infundía tanto horror a los cristianos de aquellos siglos como a los actuales, acaso porque entonces eran más castos en su corazón. Las palmas de Dafrosa halagaron la inclinada cabeza de Fausto, y acercando los labios a su oído, susurró:

—Te creo. Es natural eso que me dices. Tú, Fausto, hermano mío, eres cristiano también.

La crónica refiere que San Fausto sufrió el martirio y que Santa Dafrosa recogió de noche su cuerpo para que no lo devorasen los perros, pagando esta obra de caridad con la vida.

Libros a la carta

A la carta es un servicio especializado para
empresas,
librerías,
bibliotecas,
editoriales
y centros de enseñanza;
y permite confeccionar libros que, por su formato y concepción, sirven a los propósitos más específicos de estas instituciones.

Las empresas nos encargan ediciones personalizadas para marketing editorial o para regalos institucionales. Y los interesados solicitan, a título personal, ediciones antiguas, o no disponibles en el mercado; y las acompañan con notas y comentarios críticos.

Las ediciones tienen como apoyo un libro de estilo con todo tipo de referencias sobre los criterios de tratamiento tipográfico aplicados a nuestros libros que puede ser consultado en Linkgua-ediciones.com.

Linkgua edita por encargo diferentes versiones de una misma obra con distintos tratamientos ortotipográficos (actualizaciones de carácter divulgativo de un clásico, o versiones estrictamente fieles a la edición original de referencia).

Este servicio de ediciones a la carta le permitirá, si usted se dedica a la enseñanza, tener una forma de hacer pública su interpretación de un texto y, sobre una versión digitalizada «base», usted podrá introducir interpretaciones del texto fuente. Es un tópico que los profesores denuncien en clase los desmanes de una edición, o vayan comentando errores de interpretación de un texto y esta es una solución útil a esa necesidad del mundo académico.

Asimismo publicamos de manera sistemática, en un mismo catálogo, tesis doctorales y actas de congresos académicos, que son distribuidas a través de nuestra Web.

El servicio de «libros a la carta» funciona de dos formas.

1. Tenemos un fondo de libros digitalizados que usted puede personalizar en tiradas de al menos cinco ejemplares. Estas personalizaciones pueden ser de todo tipo: añadir notas de clase para uso de un grupo de estudiantes, introducir logos corporativos para uso con fines de marketing empresarial, etc. etc.

2. Buscamos libros descatalogados de otras editoriales y los reeditamos en tiradas cortas a petición de un cliente.

www.ingramcontent.com/pod-product-compliance
Lightning Source LLC
Chambersburg PA
CBHW021350160726
47994CB00007B/2897